Deutschland besteht aus 16 Bundesländern. Weißt du, wie sie heißen und wo sie liegen? Setze sie aus den Silben zusammen und trage sie an den passenden Stellen um die Karte herum ein.

D1924527

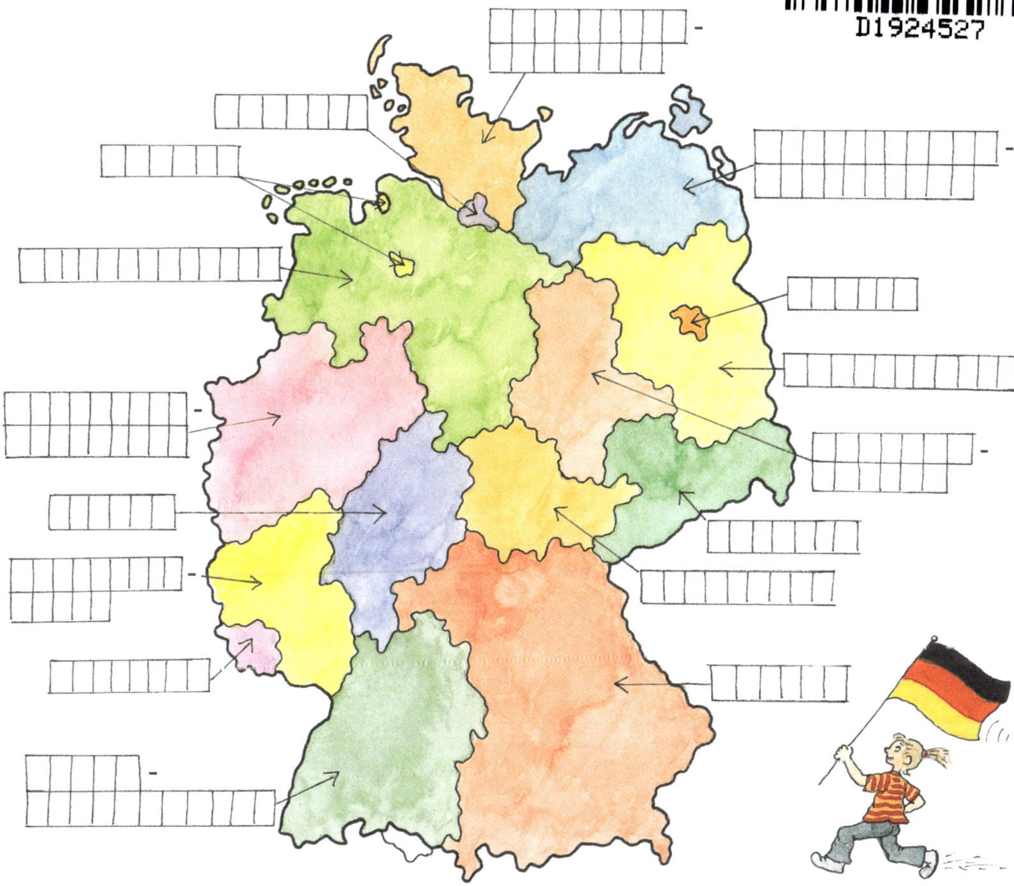

AN – BA – BAY – BER – BERG – BRAN – BRE – BURG – BURG – BURG – DEN – DEN – DER – ERN – FA – GEN – HALT– HAM – HES – HOL – LAND – LAND – LEN – LEN – LIN – MECK – MEN – MERN – NIE – NORD – PFALZ – POM – RHEIN – RHEIN – RIN – SAAR – SACH – SACH – SACH –SCHLES – SEN– SEN – SEN –SEN – STEIN – TEM – THÜ – VOR – WEST – WIG – WÜRT

Schleswig-Holstein
Hamburg
Bremen
Mecklenburg-Vorpommern
Niedersachsen
Berlin
Brandenburg
Nordrhein-Westfalen
Sachsen-Anhalt
Hessen
Sachsen
Rheinland-Pfalz
Thüringen
Saarland
Bayern
Baden-Württemberg

Hinter der Geheimschrift verbergen sich berühmte deutsche Künstler. Wenn du sie richtig entzifferst und die markierten Buchstaben in die Lösungsleiste einträgst, erfährst du, wie Deutschland auch genannt wird (kleiner Tipp: A = 1, B = 2 usw.).

1 | 6 | 18 | 9 | 5 | 4 | 18 | 9 | 3 | 8 | | 19 | 3 | 8 | 9 | 12 | 12 | 5 | 18

_ _ _ _ _ _ _ _ _ (1)   _ _ _ _ _ _ _ _ (3, 4)

2 | 8 | 5 | 9 | 14 | 18 | 9 | 3 | 8 | | 8 | 5 | 9 | 14 | 5

_ _ _ _ _ _ _ _ (2)   _ _ _ _ _ (6, 9)

3 | 12 | 21 | 4 | 23 | 9 | 7 | | 22 | 1 | 14 | | 2 | 5 | 5 | 20 | 8 | 15 | 22 | 5 | 14

_ _ _ _ _ _ (8, 11)   _ _ _   _ _ _ _ _ _ _ _ _ (12, 13)

4 | 11 | 1 | 18 | 12 | | 13 | 1 | 25

_ _ _ _ (14, 7)   _ _ _

5 | 1 | 12 | 2 | 18 | 5 | 3 | 8 | 20 | | 4 | 21 | 18 | 5 | 18

_ _ _ _ _ _ _ _ (16, 5)   _ _ _ _ _ (10)

6 | 2 | 5 | 18 | 20 | 15 | 12 | 20 | | 2 | 18 | 5 | 3 | 8 | 20

_ _ _ _ _ _ _   _ _ _ _ _ _ (15)

Das Land der... [1 2 3 4 5 6 7] [8 9 10] [11 12 13 14 15 16]

1. Friedrich Schiller (Dichter), 2. Heinrich Heine (Dichter),
3. Ludwig van Beethoven (Komponist), 4. Karl May (Schriftsteller),
5. Albrecht Dürer (Maler), 6. Bertolt Brecht (Schriftsteller)

Das Land der DICHTER UND DENKER

In Deutschland gibt es, wie in jedem Land, einige kulturelle Unterschiede, je nach Region. Kannst du den Häusern und Trachten die richtigen Bundesländer zuordnen? Ziehe Linien.

Bayern
(Oberbayern)
Baden-Württemberg
(Schwarzwald)
Niedersachsen
(Hannoversches Wendland)
Schleswig-Holstein
(Dithmarschen)

Weißt du über deutsche Rekorde Bescheid? Löse die Quizfragen und trage die Buchstaben hinter den richtigen Lösungen unten ein, dann kennst du den höchsten Kirchturm der Welt.

1. Welcher Berg ist der höchste in Deutschland?
   a. der Arber (AB)
   b. der Brocken (EN)
   c. die Zugspitze (UL)

2. Welcher deutsche Fluss ist der längste?
   a. die Donau (ER)
   b. die Elbe (AU)
   c. der Rhein (MER)

3. Welche deutsche Insel ist die größte?
   a. Rügen (MÜ)
   b. Mainau (LE)
   c. Usedom (STE)

4. Welcher deutsche Nachname ist der häufigste?
   a. Huber (IDE)
   b. Müller (NST)
   c. Meier (ID)

5. Wo findet die größte Spielwarenmesse der Welt statt?
   a. in Berlin (R)
   b. in Nürnberg (ER)
   c. in Hamburg (KE)

1	2	3	4	5

1c, 2c, 3a, 4b, 5b

Das ULMER MÜNSTER besitzt mit 161,53 Metern den höchsten Kirchturm der Welt.

Das Bild ist völlig durcheinandergeraten. Kannst du es wieder richtig zusammensetzen? Die Buchstaben verraten dir, was auf dem Bild zu sehen ist. Trage sie in richtiger Reihenfolge in die Lösungsleiste ein.

Das SCHLOSS NEUSCHWANSTEIN ist ein Schloss im Allgäu, das Ludwig II. von Bayern erbauen ließ. Dieses »Märchenschloss« ist eines der bekanntesten Touristenziele in Deutschland.

Kennst du diese berühmten deutschen Sagengestalten?
Löse jeweils den Rebus, dann findest du sie heraus.

1. Sie sitzt am Rhein, kämmt ihr goldenes Haar und hat der Sage nach schon manchen Fischer in die Tiefe gezogen.

_ _ _   _ _   _ _

2. Dieser Held tötete einen Drachen und badete in seinem Blut, sodass er unverwundbar wurde.

_ _ _ _   _ _ _ _ _ _

3. Er war ein Schelm, der seine Späße mit Bürgern, Geistlichen und Fürsten trieb.

_ _ _ _   _ _ _ _ _ _   _ _ _ _ _ _ _ _ _

4. Er ist ein Riese und lebt im Erzgebirge.

_ _ _ _   _ _ _ _ _

1. Loreley, 2. Siegfried, 3. Till Eulenspiegel, 4. Rübezahl

Deutschland wird im politischen Alltag vom Bundeskanzler und seinen Ministern regiert. Wie heißen die Minister? Die Bilder helfen dir. Trage die Bezeichnungen in den Rätselkamm ein, und du erfährst, wie man die Bundesregierung noch bezeichnet.

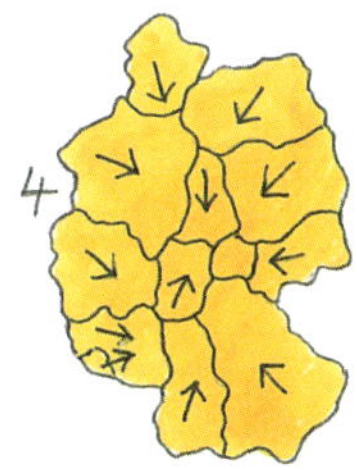

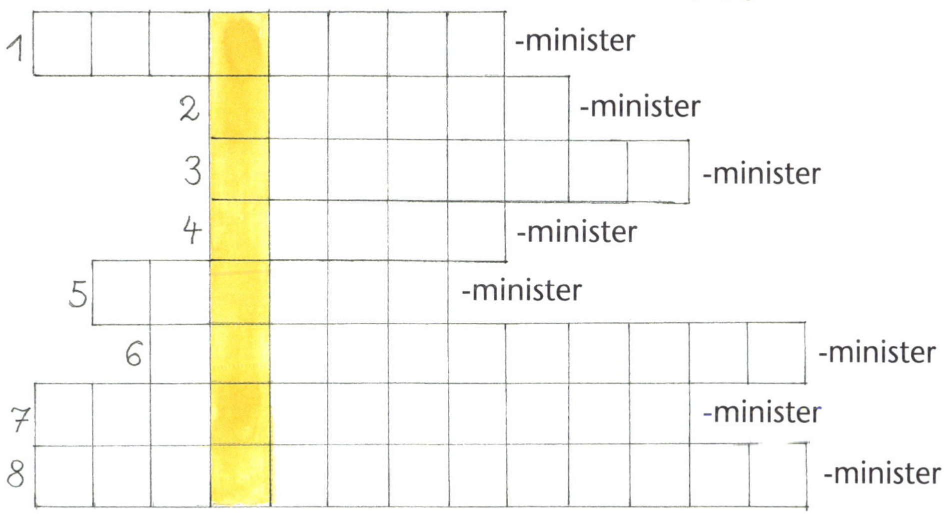

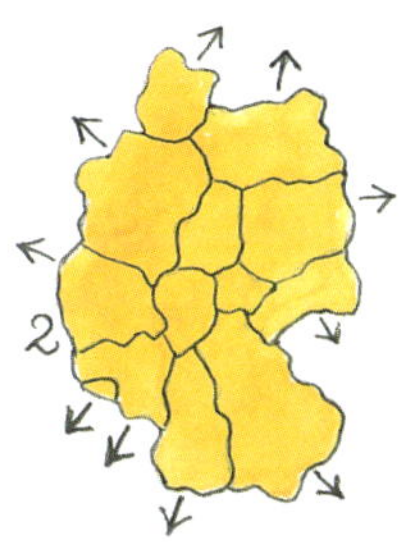

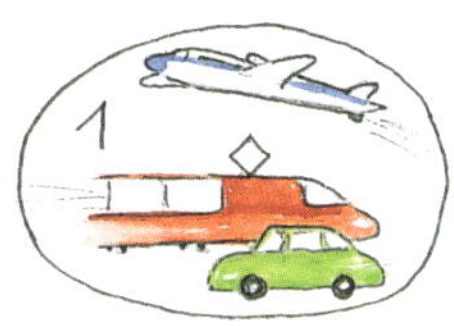

1. Verkehrsminister, 2. Außenminister, 3. Bildungsminister,
4. Innenminister, 5. Finanzminister, 6. Gesundheitsminister,
7. Wirtschaftsminister, 8. Verteidigungsminister = KABINETT

Kennst du diese berühmten deutschen Gebäude? Entziffere die Geheimschrift und trage die nummerierten Buchstaben in die Lösungsleiste ein, dann weißt du auch, wozu sie gehören (kleiner Tipp: A = 1, B = 2 usw.).

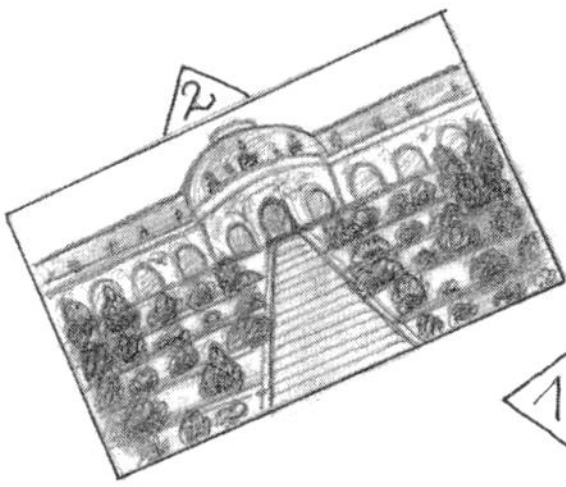

1: | 23 | 1 | 18 | 20 | 2 | 21 | 18 | 7 |

_ _ _ _ _ _ _ _ (7 … 13 1)

2: | 19 | 3 | 8 | 12 | 15 | 19 | 19 | | 19 | 1 | 14 | 19 | 19 | 15 | 21 | 3 | 9 |

_ _ _ _ _ _ _ (5)   _ _ _ _ _ _ _ _ _ (4)

3: | 1 | 1 | 3 | 8 | 5 | 14 | 5 | 18 | | 4 | 15 | 13 |

_ _ _ _ _ _ _ _ (14 2)   _ _ _

4: | 11 | 12 | 15 | 19 | 20 | 5 | 18 | | 12 | 15 | 18 | 19 | 3 | 8 |

_ _ _ _ _ _ _ (6 10)   _ _ _ _ _ _ (12)

5: | 22 | 15 | 5 | 12 | 11 | 12 | 9 | 14 | 7 | 5 | 18 | | 8 | 21 | 5 | 20 | 20 | 5 |

_ _ _ _ _ _ _ _ _ _ _ (9 … 3)   _ _ _ _ _ _ (11 8)

1	2	3	4	5	6		7	8	9	10	11	12	13	14

1. Wartburg, 2. Schloss Sanssouci, 3. Aachener Dom, 4. Kloster Lorsch, 5. Völklinger Hütte = UNESCO WELTERBE

Die UNESCO (Organisation der Vereinten Nationen für Erziehung, Wissenschaft und Kultur) ist der Meinung, dass Teile des Kultur- und Naturerbes für die Menschheit bewahrt werden müssen. Sie unterstützt daher den Erhalt vieler Bauwerke und Naturdenkmäler in 145 Ländern auf der ganzen Welt.

Deutschland hat neun Nachbarn. Kannst du die Ländernamen richtig ergänzen? Die Flaggen und Hinweise helfen dir dabei. Trage die farbig hinterlegten Buchstaben in die Lösungsleiste ein, und du weißt, was alle Bewohner dieser Länder gemeinsam haben.

Alle Bewohner sind:

Schweiz, Frankreich, Luxemburg, Belgien, Niederlande, Dänemark, Polen, Tschechische Republik, Österreich

Alle Bewohner sind EUROPÄER.

Verbinde die Punkte von 1 bis 78. Weißt du, was hier zu sehen ist?

Die Frauenkirche in München

Welche Tiere sind in Deutschland heimisch und welche nicht?
Die Buchstaben neben den passenden Bildern ergeben in richtiger Reihenfolge ein wichtiges Gewässer, das unter Naturschutz steht.

Ein WATTENMEER, wie das an der Nordsee im Norden Deutschlands, entsteht durch den Anstieg des Meeresspiegels, wodurch ehemaliges Land regelmäßig bei Flut unter Wasser gesetzt wird.
Es bietet einen ganz speziellen Lebensraum. Viele Tiere und Pflanzen leben ausschließlich im Wattenmeer und haben sich den dort herrschenden Bedingungen angepasst. Außerdem ist das Wattenmeer ein wichtiges Rastgebiet für Zugvögel.
2009 ist das Wattenmeer an der Nordsee von der UNESCO zum Weltnaturerbe erklärt worden.

Weißt du, was die unten abgebildeten Deutschen erfunden haben? Folge den verschlungenen Linien und sammle dabei die Buchstaben auf, dann bekommst du es heraus.

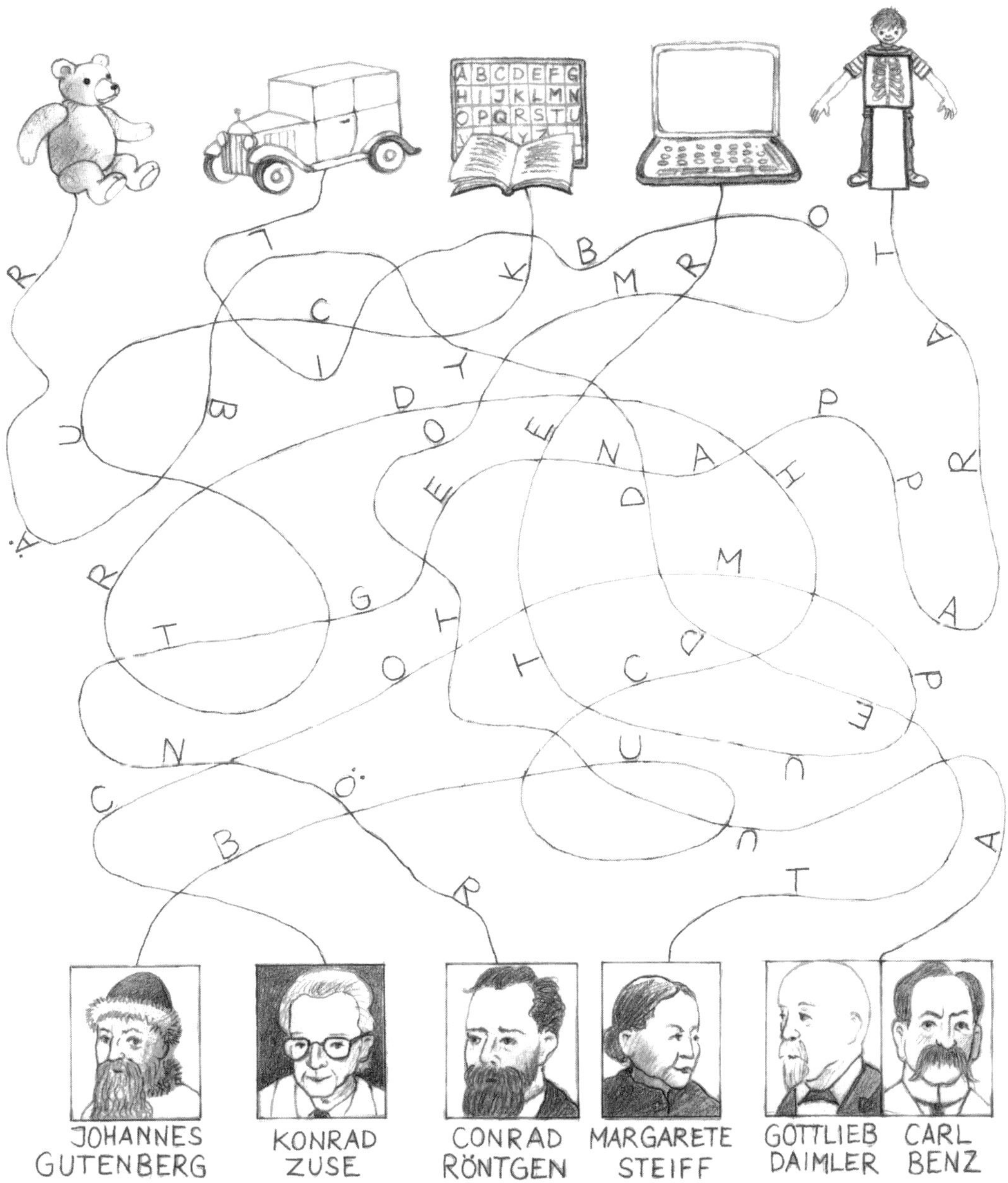

Johannes Gutenberg = Buchdruck, Konrad Zuse = Computer, Conrad Röntgen = Röntgenapparat, Margarete Steiff = Teddybär, Gottlieb Daimler/Carl Benz = Automobil

Kennst du die Namen der wichtigsten deutschen Flüsse?
Die Buchstaben und die Wortlängen helfen dir dabei. Übertrage die farbig hinterlegten Buchstaben in die Lösungsleiste, und du kennst Deutschlands größten See.

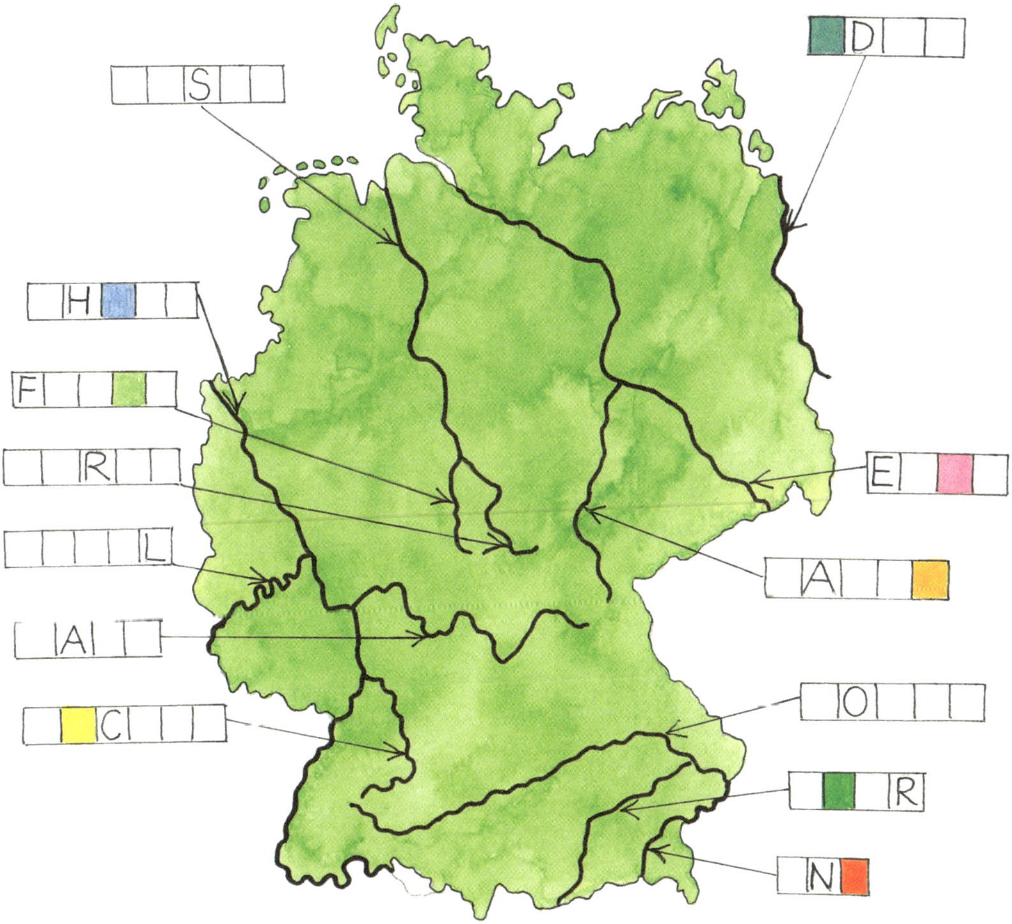

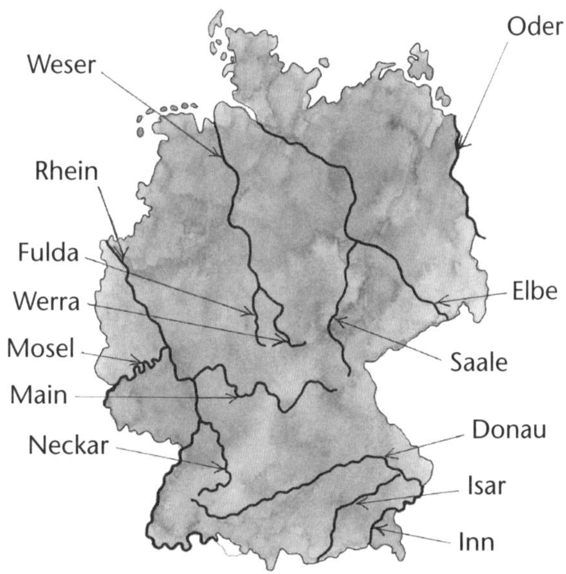

Der größte deutsche See ist mit 535 km^2 der BODENSEE. Er liegt im Alpenvorland und hat eine Uferlänge von 273 km. Davon liegen 173 km in Deutschland, 28 km in Österreich und 72 km in der Schweiz.

Wie gut weißt du über Deutschland Bescheid? Löse die Fragen und trage die Buchstaben hinter den richtigen Antworten in die Lösungsleiste ein. Dann weißt du, wann unser Nationalfeiertag gefeiert wird.

1. Wie viele Einwohner hat Deutschland?
   - a. 82 Millionen (3.)
   - b. 10 Millionen (10.)
   - c. 120 Millionen (15.)

2. Welche Stadt ist die Hauptstadt von Deutschland?
   - a. Frankfurt (NO)
   - b. Bonn (AU)
   - c. Berlin (OK)

3. Aus wie vielen Bundesländern besteht Deutschland?
   - a. 5 (G)
   - b. 25 (V)
   - c. 16 (T)

4. Seit wann ist Deutschland wiedervereinigt?
   - a. 1970 (EM)
   - b. 2000 (U)
   - c. 1990 (OB)

5. Wie sieht die Nationalflagge von Deutschland aus?
   - a. schwarz, rot, gold (ER)
   - b. rot, gold, weiß (BER)
   - c. schwarz, gelb, blau (ST)

1	2	3	4	5

1a, 2c, 3c, 4c, 5a

Der 3. OKTOBER ist seit 1990 unser Nationalfeiertag, da an diesem Datum die Deutsche Wiedervereinigung in Kraft trat.

Hier siehst du die Porta Nigra in Trier, ein ehemaliges römisches Stadttor. Im unteren Bild haben sich zehn Fehler eingeschlichen. Findest du sie? Kreise sie ein.

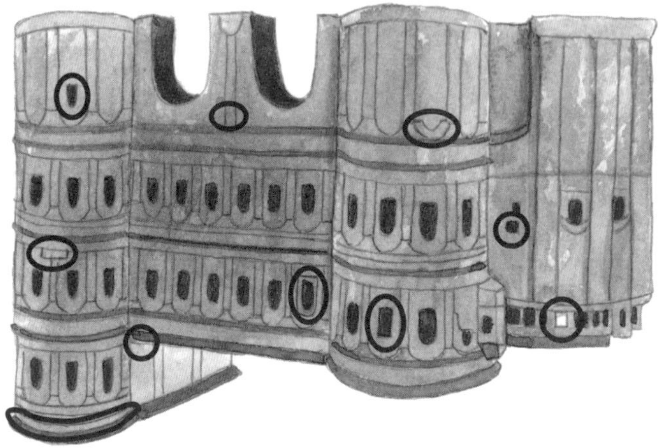

Berlin ist die Hauptstadt von Deutschland. In diesem Buchstabensalat haben sich waagerecht und senkrecht (auch rückwärts!) 26 Begriffe rund um diese Stadt versteckt. Die übrigen Buchstaben ergeben den Spitznamen des Berliner Fernsehturms.

G	R	U	B	N	E	T	T	O	L	R	A	H	C	P	T
B	R	A	N	D	E	N	B	U	R	G	E	R	T	O	R
W	R	E	N	I	L	R	E	B	E	L	E	G	E	T	Ä
A	P	R	E	U	S	S	E	N	I	E	E	R	P	S	B
N	E	L	K	Ö	P	E	N	I	C	K	D	O	M	D	E
N	R	O	T	E	S	R	A	T	H	A	U	S	S	A	P
S	A	K	A	I	S	E	R	R	S	R	E	U	A	M	G
E	H	C	R	I	K	S	I	N	T	H	C	Ä	D	E	G
E	Z	O	O	T	I	E	R	G	A	R	T	E	N	R	E
L	K	R	E	U	Z	B	E	R	G	R	E	P	O	P	L
U	N	T	E	R	D	E	N	L	I	N	D	E	N	L	E
Z	T	A	L	P	N	E	M	R	A	D	N	E	G	A	V
K	D	W	E	L	U	Ä	S	S	E	G	E	I	S	T	A
K	U	R	F	Ü	R	S	T	E	N	D	A	M	M	Z	H

waagerecht: Charlottenburg, Brandenburger Tor, Tegel, Berliner, Preußen, Spree, Köpenick, Dom, Rotes Rathaus, Kaiser, Mauer, Gedächtniskirche, Zoo, Tiergarten, Kreuzberg, Oper, Unter den Linden, Gendarmenplatz, KDW, Siegessäule, Kurfürstendamm
senkrecht: Wannsee, Reichstag, Potsdamer Platz, Bär, Havel

Der Berliner Fernsehturm, auch TELESPARGEL genannt, ist mit 368 Metern das höchste Bauwerk Deutschlands. Er wurde 1969 im historischen Zentrum errichtet.

Hier siehst du die Wappen aller deutschen Bundesländer. Welches Land hat welches Wappen? Ergänze die Lücken und übertrage die gekennzeichneten Buchstaben in die Lösungsleiste. Dann weißt du, wie das Oberhaupt eines Bundeslandes bezeichnet wird.

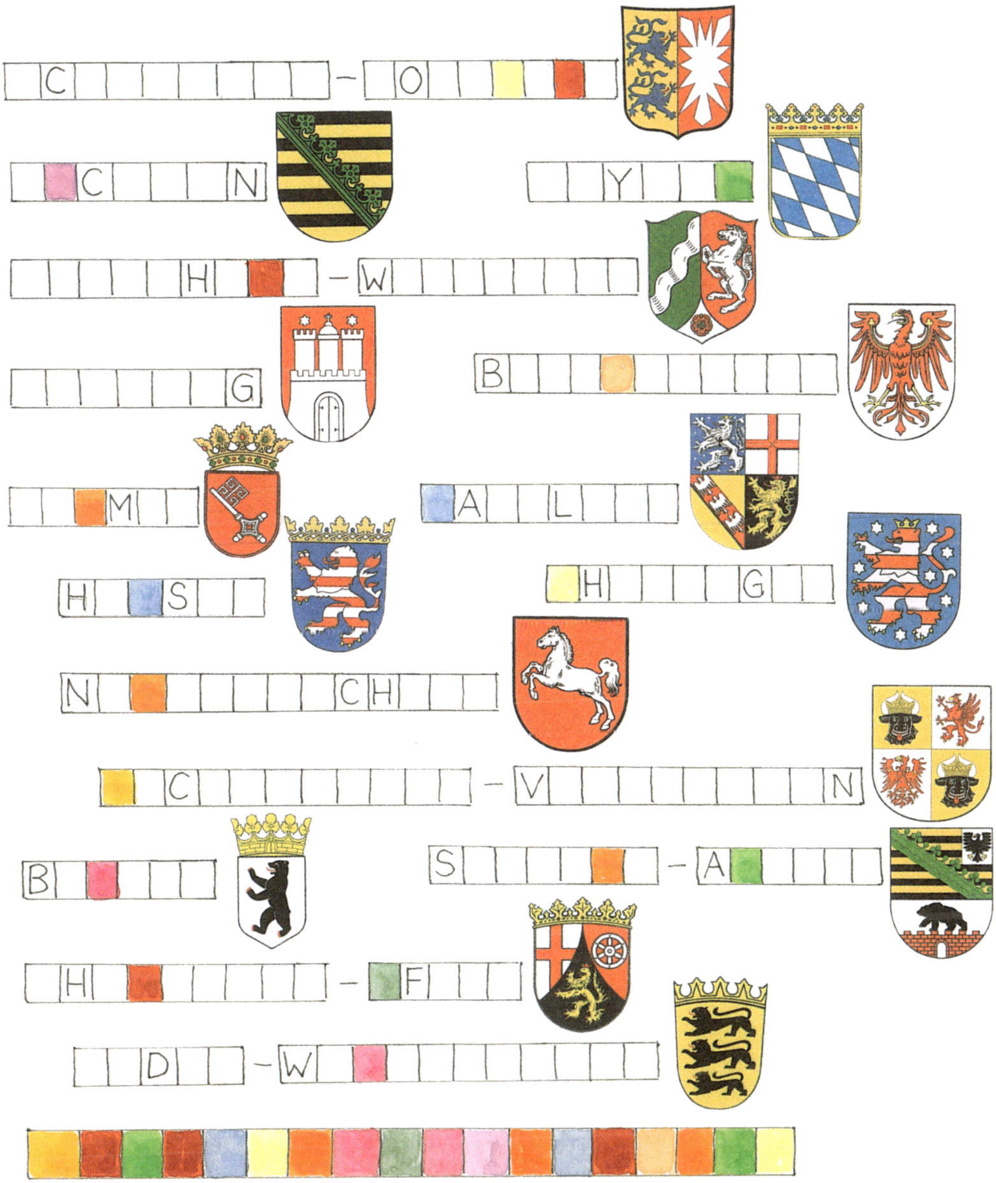

Schleswig-Holstein
Sachsen, Bayern
Nordrhein-Westfalen
Hamburg, Brandenburg
Bremen, Saarland
Hessen, Thüringen
Niedersachsen
Mecklenburg-Vorpommern
Berlin, Sachsen-Anhalt
Rheinland-Pfalz
Baden-Württemberg

Der MINISTERPRÄSIDENT wird vom Landesparlament (Landtag) für die Dauer einer Wahlperiode gewählt. Er bestimmt die Minister seines Kabinetts und übt außerdem durch die Vertretung seines Bundeslandes im Bundesrat starken Einfluss auf die Bundespolitik in Deutschland aus.

Wie viele Wörter kannst du aus den Buchstaben des Wortes »Deutschland« bilden? Versuche, mindestens 30 zu finden.

TUSCHE, SAND, SCHLAU, NEU...

Tusche, Sand, schlau, neu, Dusche, Sau, Tand, Laus, echt, Tausch, Hand, Schau, Adel, Haus, Nacht, Dach, Schule, Lauch, Hut, Schlund, Tasche, Lasche, Daune, schade, Tal, Hund, Sache, Scheu, Suche, Tuch, Stand, Stunde usw.

Die Gebrüder Grimm sind weit herumgereist und haben Märchen gesammelt. Weißt du, aus welchen Märchen diese Figuren stammen? Schreibe die richtigen Antworten in das Rätselgitter. Dann weißt du auch, was die Gebrüder Grimm noch begründet haben.

1. Froschkönig, 2. Rapunzel, 3. Aschenputtel, 4. Rumpelstilzchen, 5. Schneewittchen, 6. Gestiefelter Kater, 7. Frau Holle, 8. Rotkäppchen, 9. Dornröschen

Die SPRACHWISSENSCHAFT, auch Linguistik genannt, ist ein Sammelbegriff für alle Wissenschaften, die in irgendeiner Form Sprache untersuchen.

Fußball ist der deutsche Nationalsport. Kennst du einige der bekannten Vereine, und weißt du, wo sie in Deutschland zu finden sind? Ergänze die Vereinsnamen an der passenden Stelle. Die Buchstaben und Silben helfen dir dabei.

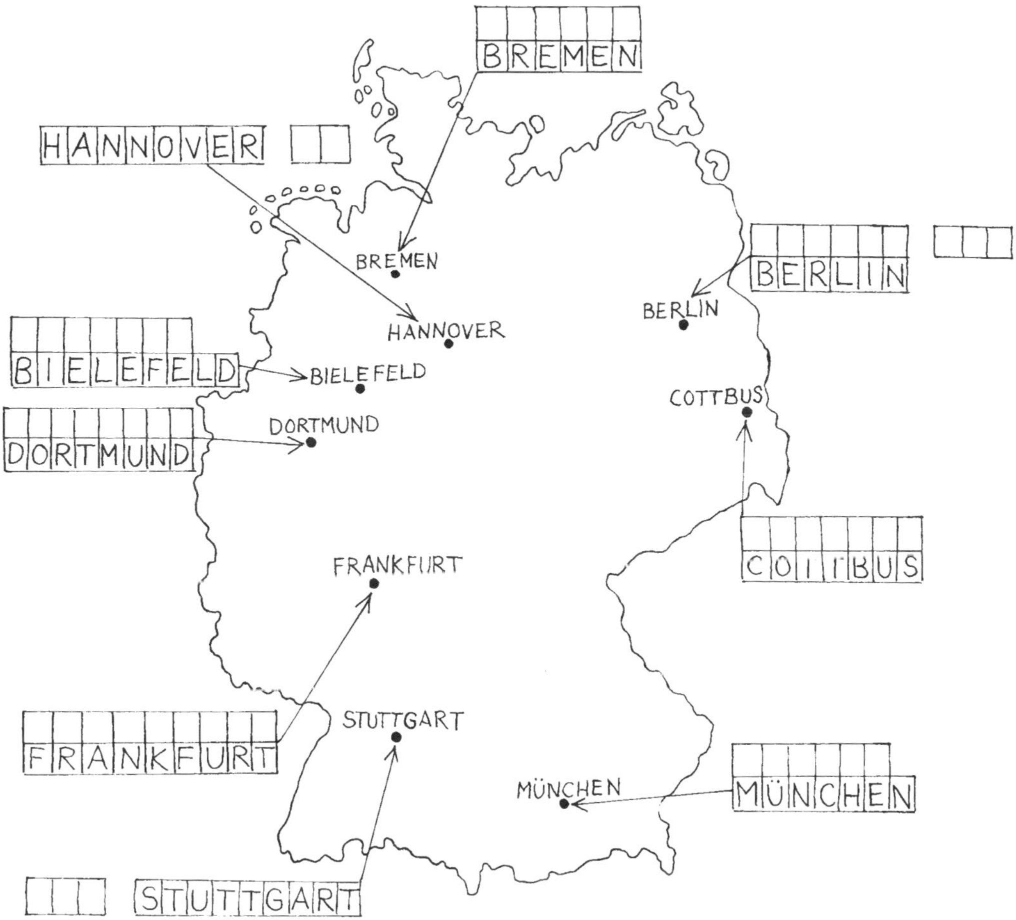

AR – B –- BAY – BO – BSC – CHT – DER – EIN – EN – ER – ERN – F – GIE – HER – MI – NIA – RUS – SIA – THA – TRA – V – WER – 96

Werder Bremen, Hannover 96, Hertha BSC Berlin,
Arminia Bielefeld, Borussia Dortmund, Energie Cottbus,
Eintracht Frankfurt, Bayern München, VfB Stuttgart

In Deutschland feiert man viele Feste. Hier siehst du einige davon. Sortiere sie im Jahreslauf von Anfang des Jahres bis zum Ende. In der richtigen Reihenfolge eingetragen, verraten dir die Buchstaben einen anderen wichtigen Feiertag.

Dreikönigstag (N), Karneval/Fasching (I), Ostern (K), Schulanfang (O), Erntedank (L), Martinstag (A), Weihnachten (U), Silvester (S)

NIKOLAUS

Kennst du diese bekannten deutschen Persönlichkeiten? Löse die Geheimschrift, dann weißt du ihre Namen. Wo kommen diese Leute her? Das Lösungswort verrät es dir (kleiner Tipp: A = 1, B = 2 usw.).

1 | 10 | 15 | 8 | 1 | 14 | 14 — 23 | 15 | 12 | 6 | 7 | 1 | 14 | 7 — 22 | 15 | 14 — 7 | 15 | 5 | 20 | 8 | 5

_ _ _ _ _ _ _ (1)   _ _ _ _ _ _ _ _   _ _ _   _ _ _ _ _ _

2 | 10 | 1 | 3 | 15 | 2 — 21 | 14 | 4 — 23 | 9 | 12 | 8 | 5 | 12 | 13 — 7 | 18 | 9 | 13 | 13

_ _ _ _ _   _ _ _   _ _ _ _ _ _ _ (2)   _ _ _ _ _

3 | 10 | 21 | 19 | 20 | 21 | 19 — 22 | 15 | 14 — 12 | 9 | 5 | 2 | 9 | 7

_ _ _ _ _ _ (3)   _ _ _   _ _ _ _ _ _

4 | 13 | 9 | 18 | 10 | 1 | 13 — 16 | 18 | 5 | 19 | 19 | 12 | 5 | 18

_ _ _ _ _ _   _ _ _ _ _ _ _ _ (4)

5 | 1 | 14 | 14 | 5 — 6 | 18 | 1 | 14 | 11

_ _ _ _ (5)   _ _ _ _ _

6 | 2 | 5 | 20 | 20 | 9 | 14 | 1 — 22 | 15 | 14 — 1 | 18 | 14 | 9 | 13

_ _ _ _ _ _ _ (6)   _ _ _   _ _ _ _ _

1	2	3	4	5	6

1. Johann Wolfgang von Goethe (Dichter), 2. Jacob und Wilhelm Grimm (Schriftsteller), 3. Justus von Liebig (Forscher), 4. Mirjam Pressler (Schriftstellerin), 5. Anne Frank (Autorin, jüdisches Mädchen), 6. Bettina von Arnim (Schriftstellerin)

Sie alle kommen aus HESSEN.

Diese Bäume sind alle in Deutschland heimisch. Kennst du sie? Kannst du die Blüten, Zapfen und Früchte den richtigen Bäumen zuordnen? Schreibe die Buchstaben in der richtigen Reihenfolge in die Lösungskästchen – so erhältst du das Lösungswort.

1	2	3	4	5	6	7

Eiche, Ahorn, Buche, Tanne, Kastanie, Birke, Weide

MISCHWALD

Wie gut kennst du dich in der deutschen Politik aus? Löse die Fragen und trage die Buchstaben hinter den richtigen Antworten in die Lösungsleiste ein, dann erfährst du, wer der erste Bundeskanzler war.

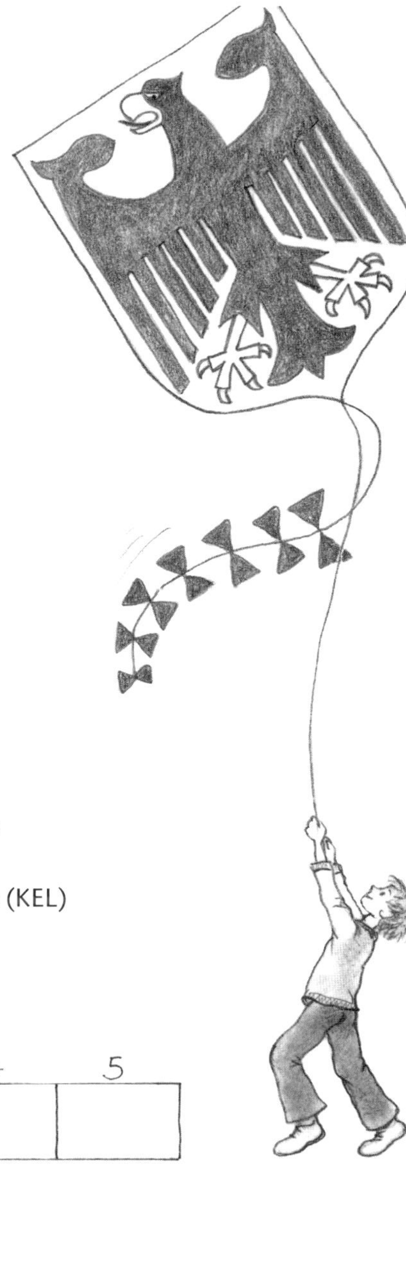

1. Wie wird die Deutsche Verfassung genannt?
   a. Goldene Bulle (AN)
   b. Grundgesetz (KON)
   c. Straßenverkehrsordnung (RO)

2. Leben wir in einer
   a. Demokratie (RAD)?
   b. Monarchie (GE)?
   c. Diktatur (MAN)?

3. Wie oft wird in Deutschland der Bundespräsident gewählt?
   a. alle 2 Jahre (LA)
   b. alle 5 Jahre (ADE)
   c. alle 10 Jahre (HE)

4. Wer wählt den Bundeskanzler?
   a. der Bundestag (NAU)
   b. der Bundesrat (MER)
   c. die Bundesversammlung (RZ)

5. Wo hat der Deutsche Bundestag seinen Sitz?
   a. im Berliner Reichstagsgebäude (ER)
   b. in der Villa Hammerschmidt in Bonn (KEL)
   c. im Hamburger Rathaus (OG)

1	2	3	4	5

1b, 2a, 3b, 4a, 5a

KONRAD ADENAUER war von 1949 bis 1963 erster Bundeskanzler der Bundesrepublik Deutschland. Adenauer prägte maßgeblich die Politik der Bundesrepublik in der Nachkriegszeit.

Hier siehst du das Schloss Sanssouci in Potsdam. Wenn du den Weg durch das Labyrinth zum Schloss findest und dabei die Buchstaben aufsammelst, erfährst du, wer es erbauen ließ.

Friedrich II., auch FRIEDRICH DER GROSSE oder der Alte Fritz genannt (* 24. Januar 1712 in Berlin; † 17. August 1786 in Potsdam), war seit 1772 König von Preußen und ließ das Schloss Sanssouci erbauen.

Setze die Bezeichnungen der abgebildeten Dinge an den richtigen Stellen im Kreuzworträtsel ein, und du weißt mithilfe der Lösungsleiste, was diese Dinge gemeinsam haben.

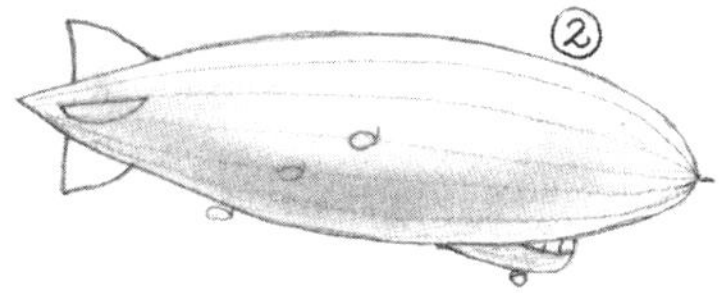

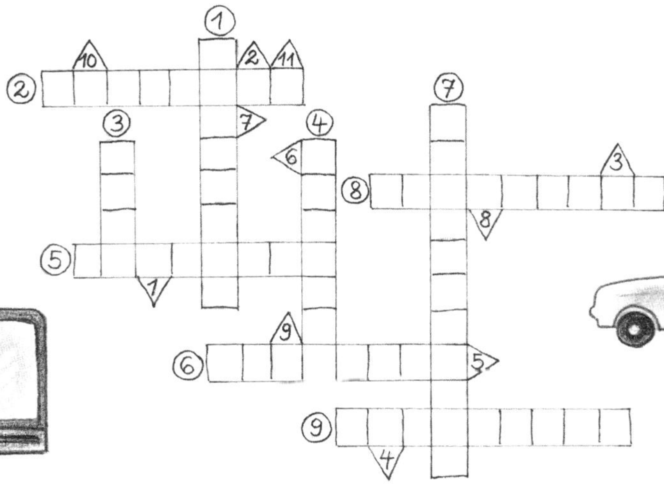

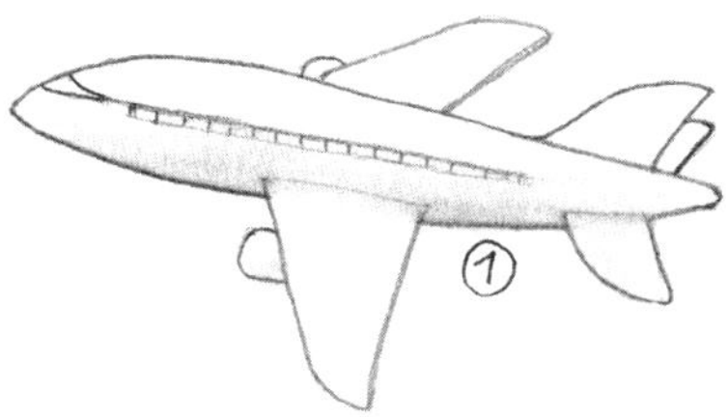

Alle sind von Deutschen 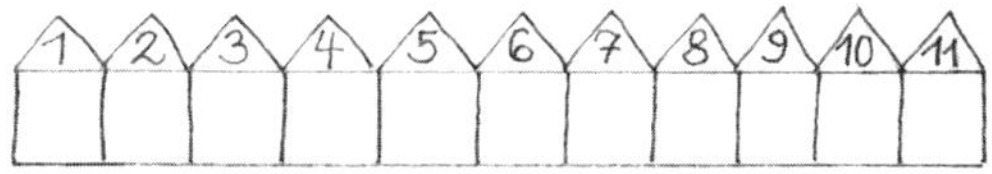 worden.

1. Flugzeug, 2. Zeppelin, 3. Auto, 4. Fahrrad, 5. Computer, 6. Teddybär, 7. Kühlschrank, 8. Zahnpasta, 9. Fernseher

Alle sind von Deutschen MITERFUNDEN worden.

Kannst du diese regionalen Besonderheiten und Spezialitäten den passenden Gebieten zuordnen? Ziehe Verbindungslinien.

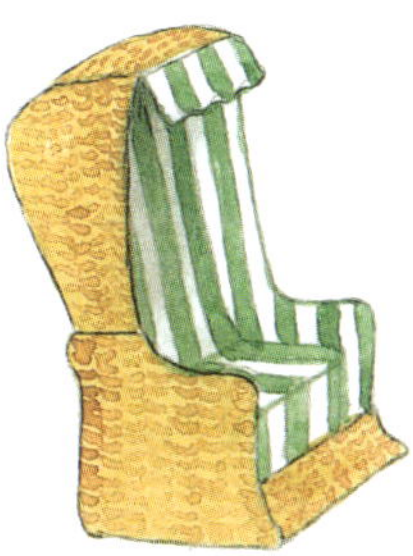

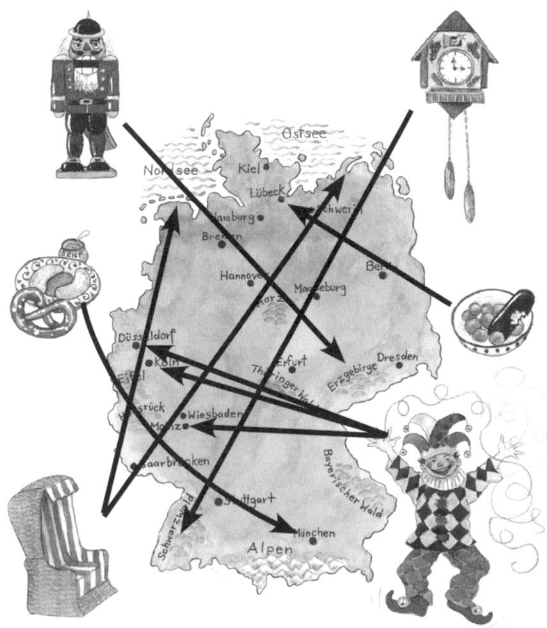

Nussknacker – Erzgebirge, Kuckucksuhr – Schwarzwald, Weißwurst und Brezel – München, Marzipan – Lübeck, Strandkorb – Nord- und Ostsee, Karneval – Köln, Düsseldorf und Mainz

Jedes Auto kommt aus einer anderen Landeshauptstadt.
Wie heißen die Städte und zu welchem Bundesland gehören sie?
Schreibe die Antworten in die Lösungskästchen.

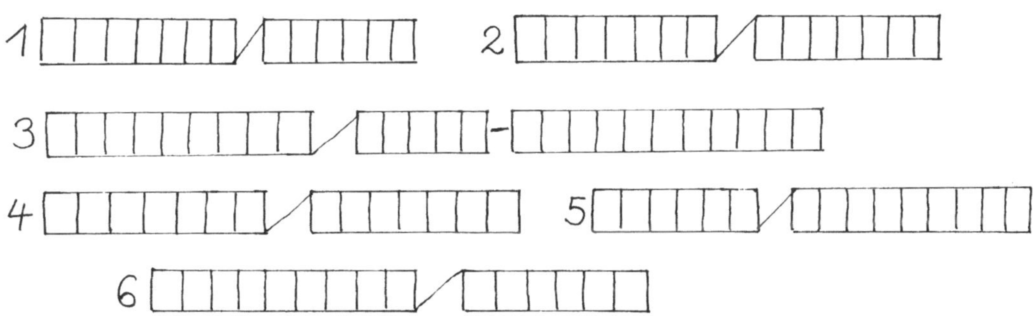

München – Bayern, Dresden – Sachsen, Stuttgart – Baden-Württemberg, Hamburg – Hamburg, Erfurt – Thüringen, Wiesbaden – Hessen

Das Bild ist nicht ganz vollständig. Welche Puzzleteile passen genau? Wenn du die Buchstaben in der richtigen Reihenfolge in die Lösungsleiste einsetzt, kennst du den Namen von Deutschlands bekanntestem Schulschiff.

Die GORCH FOCK ist ein Segelschulschiff, auf dem die Matrosen der Deutschen Marine ausgebildet werden. Es wurde 1958 gebaut und ist bis heute im Einsatz.

In diesem Buchstabensalat haben sich waagerecht und senkrecht (auch rückwärts!) 15 deutsche Sehenswürdigkeiten versteckt. Findest du sie? Die restlichen Buchstaben ergeben das Wappentier Deutschlands.

H	O	L	S	T	E	N	T	O	R	B	U	U	R
R	R	E	I	C	H	S	T	A	G	N	L	B	E
Ü	I	C	U	O	S	S	N	A	S	D	M	O	P
G	O	K	T	O	B	E	R	F	E	S	T	D	O
E	L	I	M	E	S	E	T	R	I	E	R	E	R
N	K	R	E	I	D	E	F	E	L	S	E	N	E
T	D	A	T	S	R	E	H	C	I	E	P	S	P
S	N	I	E	T	S	D	N	A	S	B	L	E	M
M	Ä	U	S	E	T	U	R	M	A	D	L	E	E
E	G	N	I	R	G	R	U	B	R	Ü	N	R	S

waagerecht: Holstentor, Reichstag, Sanssouci, Oktoberfest, Limes, Trier, Kreidefelsen, Speicherstadt, Elbsandstein, Mäuseturm, Nürburgring
senkrecht: Rügen, Ulm, Bodensee, Semperoper

BUNDESADLER

Die Kölner feiern ausgelassen Karneval. Im unteren Bild haben sich zehn Fehler eingeschlichen. Findest du sie? Kreise sie ein.

Hier siehst du fünf verschiedene Stadtansichten. Sie sind unterschiedlich alt. Kannst du sie in die richtige Reihenfolge bringen? Beginne bei der ältesten Ansicht. Trage die Buchstaben der Reihe nach in die Lösungsleiste ein, und du erfährst, welche deutsche Stadt die älteste ist.

TRIER

Kennst du die deutschen Gebirge und Wälder und weißt du, wo sie liegen? Setze sie aus den Silben zusammen und trage sie an der passenden Stelle in die Karte ein.

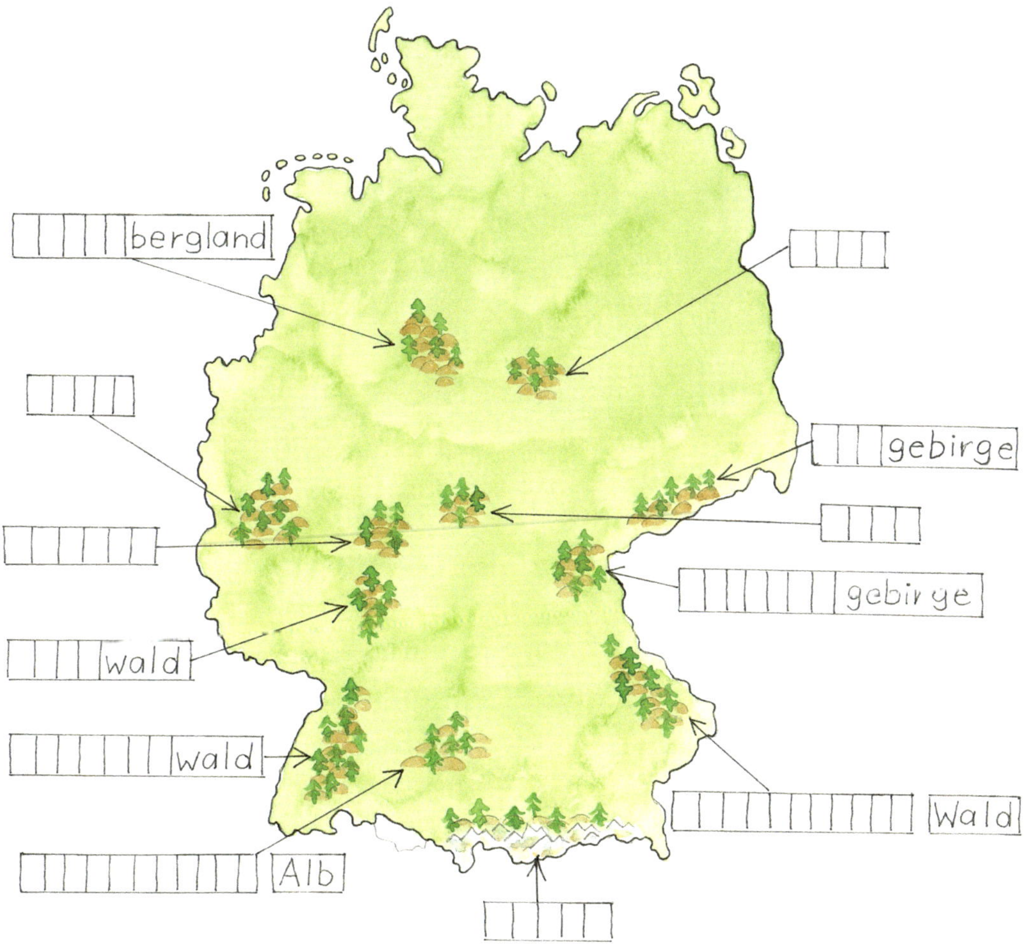

AL – ARZ – BAY – BI – DEN – EI – ER – ER – ERZ – FEL – FICH – HA – ISCH – NUS – O – ÖN – PEN – RH – RZ – SCHE – SCHW – SCHWÄ – SER – TAU – TEL – WE

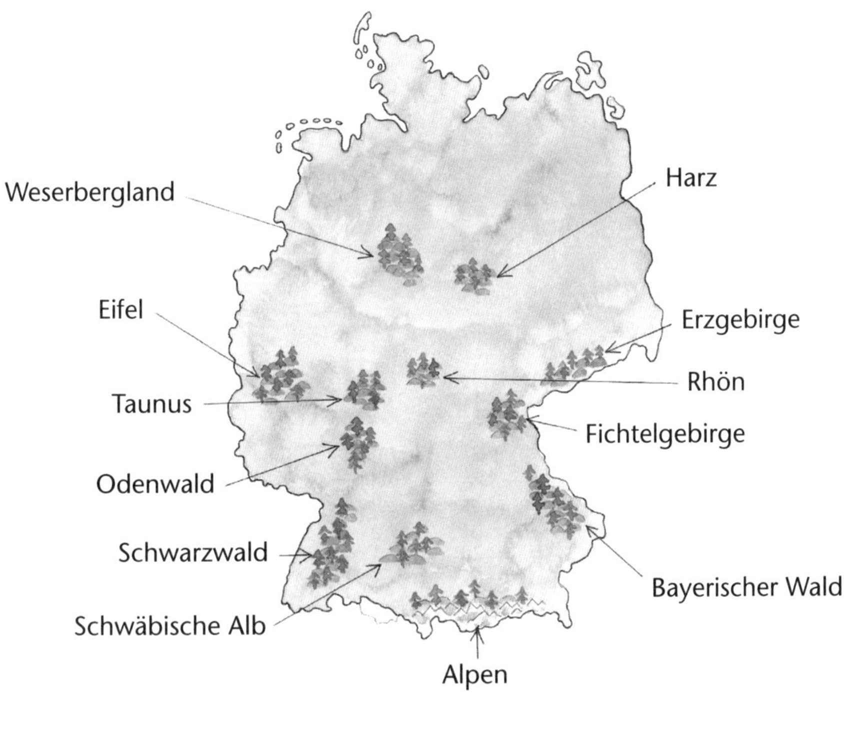
Weserbergland
Harz
Eifel
Erzgebirge
Rhön
Taunus
Fichtelgebirge
Odenwald
Schwarzwald
Bayerischer Wald
Schwäbische Alb
Alpen

Wie viele Wörter kannst du aus den Buchstaben des Wortes »Demokratie« bilden? Versuche, mindestens 30 zu finden.

Mode, Eid, rot, Kreide, Karo, Komet, Arme, Reim, rate, arm, Ei, Kartei, Dom, Eimer, Kater, Rakete, Oma, Tier, Torte, Tor, Materie, Mord, Koma, Etat, Karte, Dame, Rad, Radio, Rom, Keim usw.

Siegfried möchte zum Drachen Fafner gelangen, um ihn zu töten und durch sein Blut unverwundbar zu werden. Hilf ihm, den Weg zu finden, und sammle dabei die Buchstaben auf. Trage sie in die Lösungsleiste ein, und du erfährst, aus welcher Sage diese Figuren stammen.

NIBELUNGENLIED

Wie gut kennst du die einzelnen Bundesländer? Löse die Fragen und trage die Buchstaben hinter den richtigen Antworten in die Lösungsleiste ein. Dann erfährst du, welches Bundesland das kleinste ist.

1. In Nordrhein-Westfalen liegt das Ruhrgebiet. Es ist bekannt für:
   a. seine Kohlebergwerke und Industrieanlagen (B)
   b. seine unberührte Natur (H)
   c. seine Schokoladenspezialitäten (K)

2. In München findet jedes Jahr ein großes Fest statt. Wie heißt es?
   a. Wasen (ES)
   b. Oktoberfest (RE)
   c. Bergfest (Ö)

3. Wiesbaden ist die Hauptstadt von:
   a. Hessen (M)
   b. Saarland (S)
   c. Thüringen (L)

4. Thüringen ist bekannt für:
   a. seinen Schweinebraten (E)
   b. seine Bratwurst (E)
   c. seinen Pudding (N)

5. Das Saarland grenzt an:
   a. Polen (N)
   b. Österreich (A)
   c. Frankreich (N)

1	2	3	4	5

1a, 2b, 3a, 4b, 5c

Die Freie Hansestadt BREMEN ist mit 404 km^2 das kleinste Bundesland Deutschlands. Es wird üblicherweise zu den Stadtstaaten gerechnet, obwohl es ein Zwei-Städte-Land ist: Es besteht aus den Städten Bremen und Bremerhaven und hat insgesamt rund 660 000 Einwohner.

Das Bild ist völlig durcheinandergeraten. Kannst du es wieder richtig zusammensetzen? Die Buchstaben verraten dir, was auf dem Bild zu sehen ist. Trage sie in der richtigen Reihenfolge in die Lösungsleiste ein.

P	OP	S	E	R	E	M	E	R

Die SEMPEROPER wurde 1841 in Dresden eröffnet und ist das Opernhaus der Sächsischen Staatsoper, die als Hof- und Staatsoper Sachsens eine lange geschichtliche Tradition hat.

Hinter jedem Rebus versteckt sich ein Spruch eines bekannten Deutschen. Kannst du die beiden Sprüche entziffern?

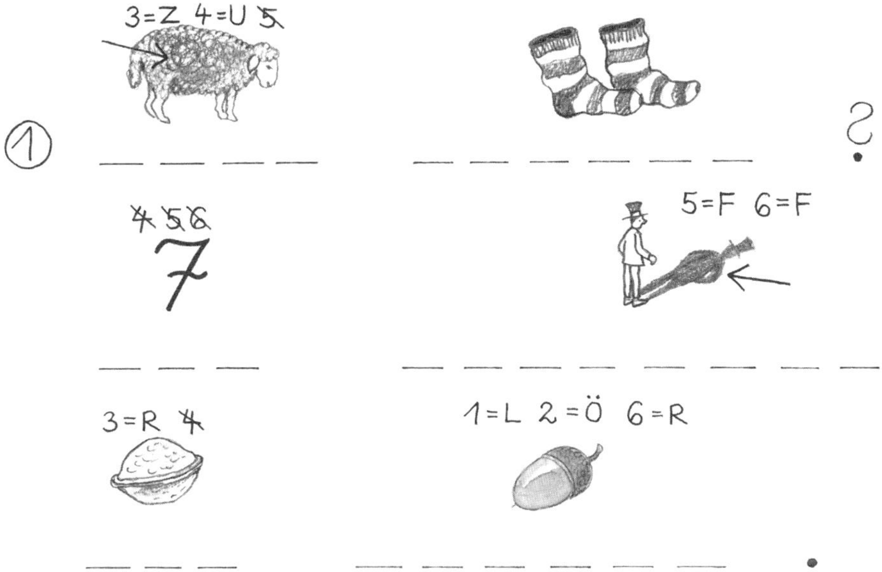

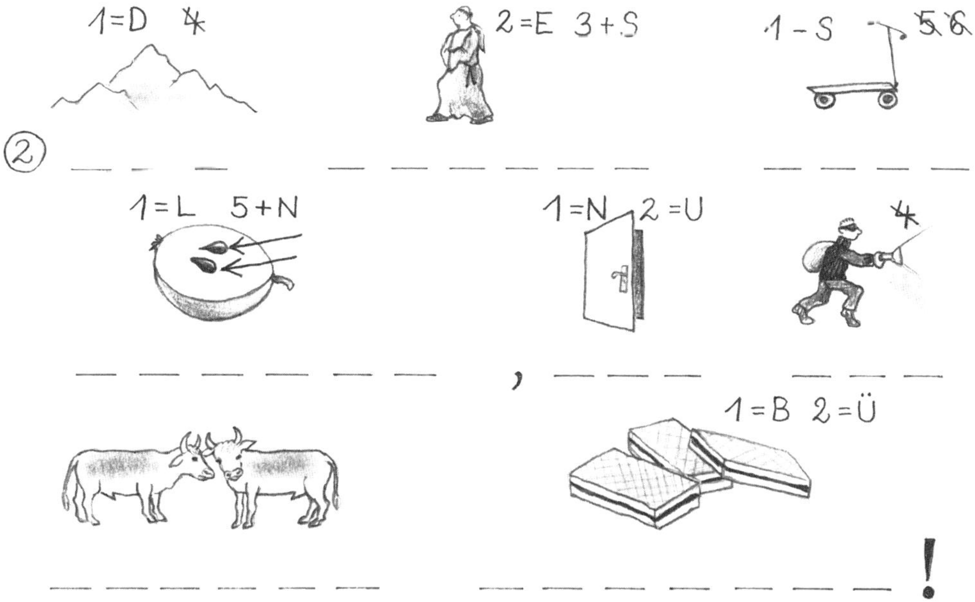

1. Wozu Socken? Sie schaffen nur Löcher. (Albert Einstein)
2. Der Mensch soll lernen, nur die Ochsen büffeln. (Erich Kästner)

Kennst du die Hauptstädte der Bundesländer? Ordne die Städte den einzelnen Ländern zu und trage sie in die Buchstabengitter ein. Dann weißt du auch, wie man den Zusammenschluss mehrerer Länder zu einem Gesamtstaat bezeichnet.

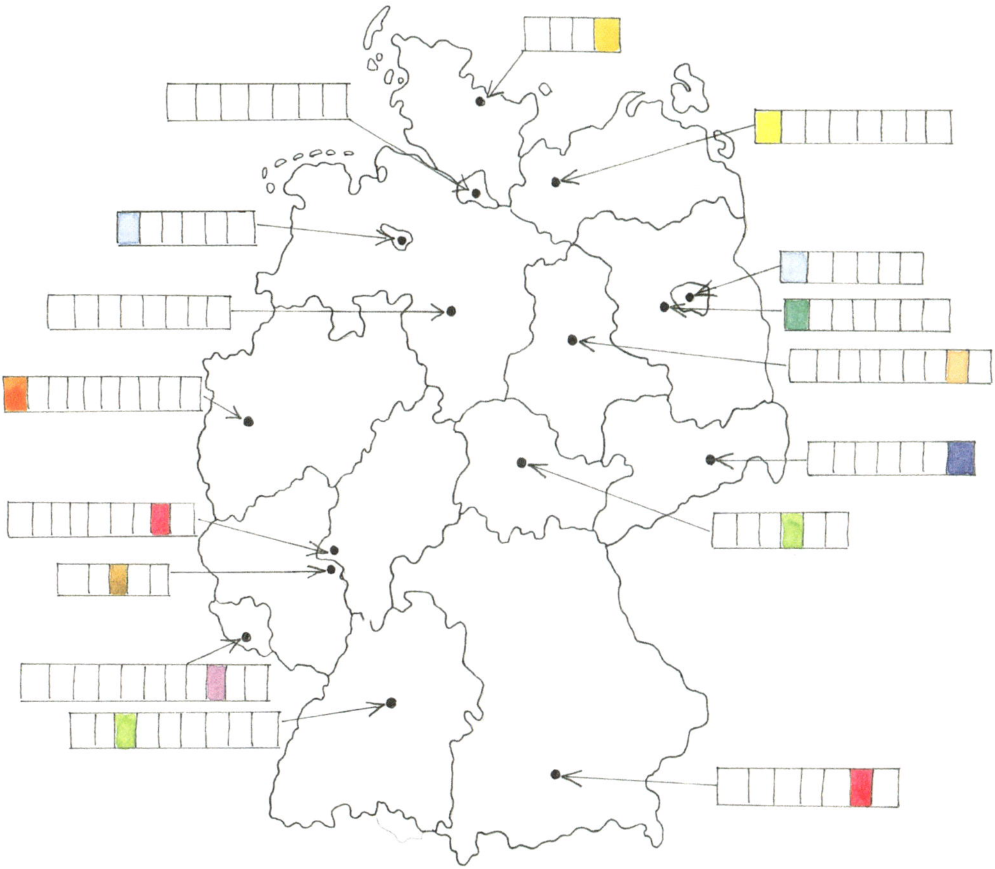

München – Kiel – Stuttgart – Schwerin – Hamburg – Saarbrücken – Berlin – Mainz – Potsdam – Wiesbaden – Hannover – Erfurt – Düsseldorf – Dresden – Magdeburg – Bremen

München – Bayern, Kiel – Schleswig-Holstein, Stuttgart – Baden-Württemberg, Schwerin – Mecklenburg-Vorpommern, Hamburg – Hamburg, Saarbrücken – Saarland, Berlin – Berlin, Mainz – Rheinland-Pfalz, Potsdam – Brandenburg, Wiesbaden – Hessen, Hannover – Niedersachsen, Erfurt – Thüringen, Düsseldorf – Nordrhein-Westfalen, Dresden – Sachsen, Magdeburg – Sachsen-Anhalt, Bremen – Bremen

BUNDESREPUBLIK

In Deutschland isst man viele verschiedene Gerichte. In diesem Buchstabensalat haben sich 24 typisch deutsche Mahlzeiten versteckt (auch rückwärts!). Findest du sie? Die restlichen Buchstaben ergeben ein Getränk, das die Deutschen weltweit am meisten konsumieren.

K	R	E	I	B	E	K	U	C	H	E	N	S	N
Ä	E	I	E	S	Ä	K	D	N	A	H	S	A	E
S	N	S	A	U	M	A	G	E	N	K	E	L	K
S	I	B	Ü	C	K	L	I	N	G	E	M	Z	N
P	E	E	S	Ä	K	R	E	B	E	L	M	K	I
Ä	T	I	S	P	Ä	T	Z	L	E	A	E	A	H
T	S	N	F	G	N	I	D	D	U	P	L	R	C
Z	L	K	O	H	L	E	S	P	O	L	K	T	S
L	E	F	S	P	O	M	L	L	O	R	N	O	E
E	H	K	L	Ö	S	S	E	S	I	E	Ö	F	Z
L	C	E	B	U	L	E	T	T	E	E	D	F	E
A	I	F	R	I	K	A	D	E	L	L	E	E	R
A	P	E	I	S	U	A	K	S	B	A	L	L	B

waagerecht: Reibekuchen, Handkäse, Saumagen, Bücklinge, Leberkäse, Spätzle, Pudding, Kohl, Klopse, Rollmops, Klöße, Eis, Bulette, Frikadelle, Labskaus, Ei
senkrecht: Kässpätzle, Aal, Pichelsteiner, Eisbein, Semmelknödel, Salzkartoffel, Breze, Schinken

KAFFEE: Pro Jahr trinkt ein Deutscher durchschnittlich 165 Liter, das ist Weltrekord!

Hier siehst du gleich zweimal das Wappen von Rheinland-Pfalz.
Im unteren Bild haben sich acht Unterschiede eingeschlichen.
Findest du sie? Kreise sie ein.

Wie gut kennst du dich in deutscher Geschichte aus? Löse die Fragen und trage die Buchstaben hinter den richtigen Antworten in die Lösungsleiste ein. Dann erfährst du, wann die Bundesrepublik Deutschland gegründet wurde.

1. Wer gründete das fränkische Reich und wurde als erster Kaiser vom Papst gekrönt?
   - a. Karl der Große (23.)
   - b. Friedrich der Zweite (10.)
   - c. Napoleon (5.)

2. Wer war Deutschlands berühmtester Pirat, der die Hansestädte in Angst und Schrecken versetzte?
   - a. Klaus Störtebeker (Mai)
   - b. Jack Sparrow (November)
   - c. Roter Korsar (Januar)

3. Wer nagelte 95 Thesen an die Wittenberger Schlosskirche und reformierte die christliche Religion?
   - a. Albert Einstein (18)
   - b. Martin Luther (19)
   - c. Papst Benedikt (17)

4. Wo verkehrte Deutschlands erste Eisenbahn?
   - a. zwischen Berlin und Hamburg (2)
   - b. zwischen Dresden und Leipzig (1)
   - c. zwischen Nürnberg und Fürth (4)

5. Welcher preußische König führte die Kartoffel als Nahrungsmittel ein und verhinderte so eine Hungersnot?
   - a. König Wilhelm (5)
   - b. König Friedrich der Zweite (9)
   - c. König Franz (2)

1	2	3	4	5

1a, 2a, 3b, 4c, 5b

Am 23. Mai 1949 wurde die Bundesrepublik Deutschland gegründet.

Das Bild ist nicht ganz vollständig. Welche Puzzleteile passen genau? Wenn du die Buchstaben in der richtigen Reihenfolge in die Lösungsleiste einsetzt, kennst du den Namen des Gebäudes, das hier zu sehen ist.

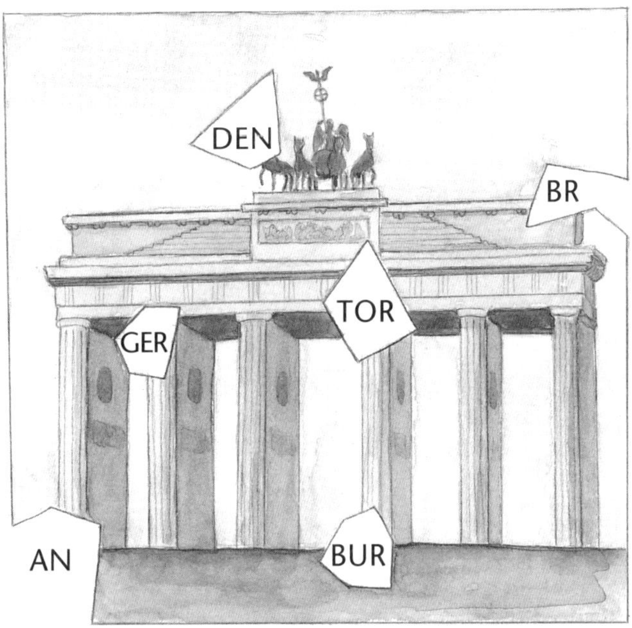

Das BRANDENBURGER TOR wurde 1791 auf Anweisung des preußischen Königs Friedrich Wilhelm II. in Berlin errichtet und ist das wichtigste Wahrzeichen der Stadt. Es markierte die Grenze zwischen Ost- und Westberlin und wurde nach 1990 zum Symbol der Wiedervereinigung.

Das sind die Ostfriesischen Inseln. Welches Boot ist zu welcher Insel unterwegs? Verfolge den Kurs und sammle dabei die Buchstaben ein. Dann weißt du, wie die Inseln heißen.

1 = Spiekeroog, 2 = Norderney, 3 = Borkum, 4 = Baltrum,
5 = Wangerooge, 6 = Juist, 7 = Langeoog

Der deutsche Schriftsteller Erich Kästner hat viele bekannte Kinderbücher geschrieben. Hier sind drei Buchtitel als Rebus verschlüsselt zu lesen. Finde heraus, welche es sind.

1. Emil und die Detektive
2. Das fliegende Klassenzimmer
3. Pünktchen und Anton

Verbinde die Zahlen von 1 bis 146, dann weißt du,
was hier zu sehen ist.

Die Bremer Stadtmusikanten

Was ist typisch deutsch und was passt eher zu unseren Nachbarländern?
Ziehe Verbindungslinien.

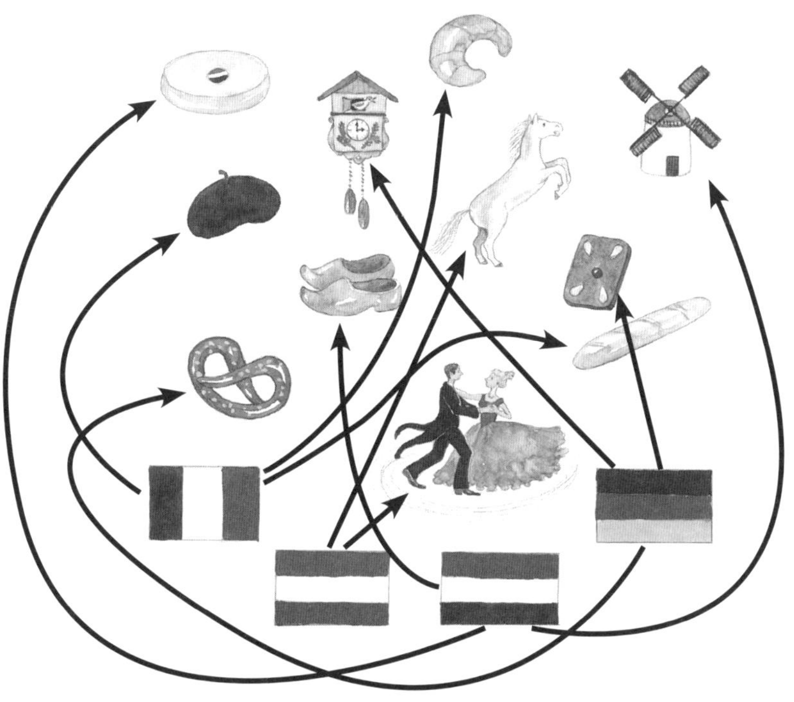

Frankreich: Baskenmütze, Croissant, Baguette
Österreich: Lipizzaner, Walzer
Niederlande: Käse, Holzschuhe, Windmühle
Deutschland: Brezel, Kuckucksuhr, Lebkuchen

Aus Deutschland werden viele Waren und Güter in andere Länder verschickt. Man sagt auch, Deutschland ist ein Exportland. Wie gut kennst du dich mit Deutschlands Verkehrswegen aus? Löse das Quiz, dann weißt du auch, wohin die meisten deutschen Waren verschickt werden.

1. Wo liegt der größte Binnenhafen Europas?
   a. Rostock (BU)
   b. Duisburg (FR)
   c. Lindau (SL)

2. Welcher Flughafen ist der größte in Deutschland?
   a. Rhein-Main in Frankfurt (AN)
   b. Franz-Josef-Strauß in München (OV)
   c. Tegel in Berlin (DA)

3. Wie lang ist das Schienennetz der Deutschen Bahn?
   a. 36 000 Kilometer (KR)
   b. 10 000 Kilometer (AK)
   c. 100 000 Kilometer (PE)

4. In Hamburg befindet sich:
   a. der älteste Bahnhof Europas (ST)
   b. der größte Hafen Deutschlands (EI)
   c. die kürzeste Autobahn der Welt (PO)

5. Wo verläuft Deutschlands längste Autobahn?
   a. zwischen Flensburg und Füssen (CH)
   b. zwischen München und Berlin (ON)
   c. zwischen Saarbrücken und Erfurt (TE)

1	2	3	4	5

5 4 12

Text und Konzept: Jennifer Wilderich-Lang
Illustrationen: Sigrid Gregor
ISBN 978-3-7607-4479-7

www.arsedition.de

1b, 2a, 3a, 4b, 5a

Deutsche Waren werden am häufigsten nach FRANKREICH exportiert.